GORILA

Browne, Anthony
    Gorila / Anthony Browne ; trad. de
Carmen Esteva. – México : FCE, 1991
    32 p. : ilus. ; 28 x 22 cm – (Colec. Los
Especiales de A la orilla del viento)
    Título original Gorila
    ISBN 968-16-3650-3

    1. Literatura infantil I. Esteva, Carmen
tr. II. Ser III. t

LC PZ7. B81984 Go 1991 Dewey 808.068 B262g

Ganador del Premio Kurt Maschler 1983
y de la Medalla Kate Greenaway 1984

Primera edición en inglés: 1983
Primera edición en español: 1991
Quinta reimpresión: 2003

Coordinador de la colección: Daniel Goldin
Traducción de Carmen Esteva

Título original: *Gorilla*
© 1983, Anthony Browne
Publicado por Julia MacRae Books, Londres
ISBN 0-86203-268-7

D.R. © 1991, Fondo de Cultura Económica, S.A. de C.V.
D.R. © 1995, Fondo de Cultura Económica
Carr. Picacho Ajusco 227; México, 14200, D.F.
www.fondodeculturaeconomica.com
Comentarios y sugerencias: alaorilla@fce.com.mx

Impreso por D'vinni Ltda, Octubre de 2003
Impreso en Colombia • Printed in Colombia
Tiraje 10 000 ejemplares

GORILA

Anthony Browne

LOS ESPECIALES DE

A la orilla del viento

 FONDO DE CULTURA ECONÓMICA
MÉXICO

A Ana le gustaban mucho los gorilas. Leía libros sobre gorilas. Veía programas en la televisión y dibujaba gorilas. Pero nunca había visto un gorila de verdad.

Su papá no tenía tiempo para llevarla a ver gorilas al zoológico.

Nunca tenía tiempo para nada.

Todos los días se iba a trabajar antes de que Ana se fuera al colegio, y por las noches trabajaba en casa.

Cuando Ana le preguntaba algo, él siempre le contestaba:
 "Ahora no, estoy ocupado. Tal vez mañana."

Pero al día siguiente también estaba muy ocupado y decía: "Ahora no.
Tal vez el fin de semana."
Pero cuando llegaba el fin de semana, estaba siempre muy cansado.
Nunca hacían algo juntos.

La noche anterior a su cumpleaños, Ana se fue a acostar temblando de
emoción. ¡Le había pedido un gorila a su papá!
A la media noche, Ana se despertó, y vio un bulto muy pequeño al pie
de su cama. Sí, era un gorila, pero no de verdad sino sólo un gorila de
juguete.

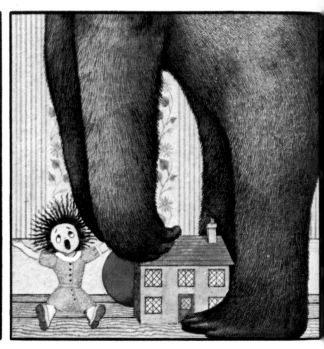

Ana arrojó al gorila a un rincón, donde estaban sus otros juguetes, y
se volvió a dormir.
Durante la noche sucedió algo sorprendente.

Ana se asustó. "No tengas miedo, Ana", dijo el gorila, "no te haré
daño. Sólo quiero saber si te gustaría ir al zoológico."
El gorila tenía una sonrisa tan agradable que Ana no tuvo miedo. "Me
encantaría", contestó.
Los dos bajaron las escaleras silenciosamente y Ana se puso su
abrigo. El gorila se puso el abrigo y el sombrero del papá de Ana.
"Me quedan perfectos", dijo en voz baja.

Abrieron la puerta de la casa y salieron.
"Vamos pues, Ana", dijo el gorila y la tomó en sus brazos con delicadeza. Y así se fueron al zoológico columpiándose entre los árboles.

Cuando llegaron, el zoológico estaba cerrado, rodeado por una barda
muy alta. "No importa", dijo el gorila, "¡arriba y al otro lado!"
Se fueron directo hacia los primates. Ana estaba emocionada.
¡Había tantos gorilas!

El gorila llevó a Ana a ver al orangután y a un chimpancé. A ella le parecieron muy bonitos, pero tristes.

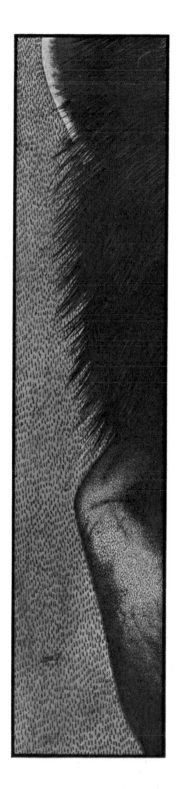

"¿Qué te gustaría hacer ahora?", le preguntó el gorila.
"Me encantaría ir al cine", dijo Ana, y fueron al cine.

Después, caminaron juntos por la calle.

"Todo ha sido maravilloso", dijo Ana, "pero ahora tengo hambre."

"Bueno", dijo el gorila, "comeremos algo."

"¿No crees que ya es hora de volver a casa?", preguntó el gorila.
Ana asintió con la cabeza. Tenía un poco de sueño.
Bailaron en el prado. Ana nunca había sido tan feliz.

"Ana, será mejor que ya entres a tu casa", dijo el gorila. "Te veré mañana".

"¿De veras?", preguntó Ana.

El gorila movió la cabeza afirmativamente y sonrió.

A la mañana siguiente, Ana despertó y vio al gorila de juguete. Sonrió.

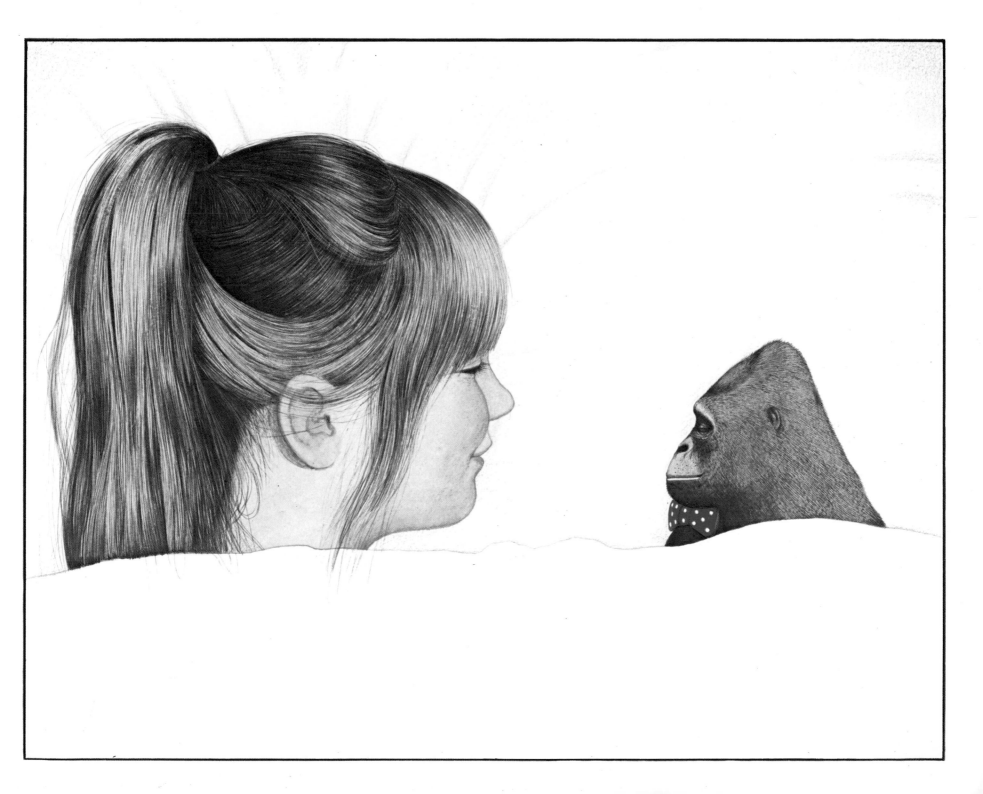

Ana bajó corriendo las escaleras para contarle a su papá todo lo que
había sucedido.
"¡Feliz cumpleaños, mi amor!", le dijo. "¿Quieres ir al zoológico?"
Ana lo miró.

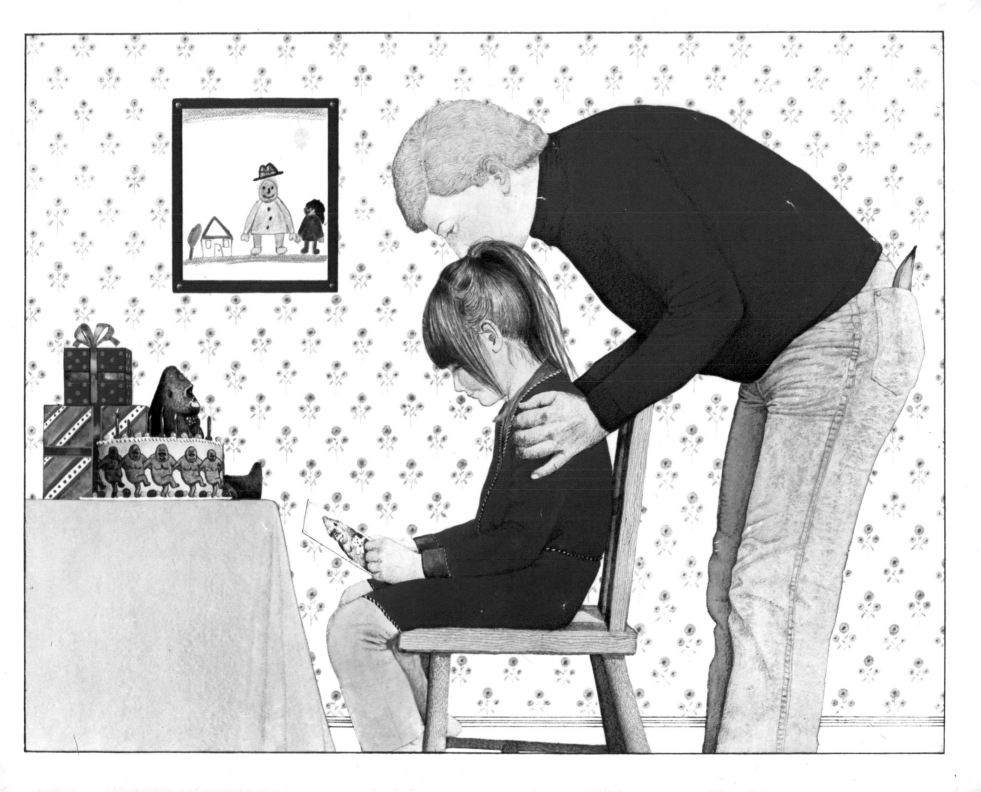

Estaba muy contenta.